오래된 연가

시와함께(Along with Poetry) 시인선 034

# 오래된 연가

김영순 시집

시와함께 넓은마루

잃어버린 고무신 한 짝을 찾아 수많은 날들을 헤매었다. 산을 넘고 돌짝밭을 지나 강물을 건너고 가시밭길을 지나고 문득 꿈인 양 한쪽마저 잃은 맨발이 보였다.

뒤늦게 쓰기 시작한 시, 막상 시집을 엮으려 하니 발가벗은 마음을 들킨 것 같아 부끄럽다.

삶의 답을 찾느라 늘 분주했던 날들을 잠시 뒤로 뉘엿뉘엿 그믐달 휘어진 그림자에 시 몇 편 살포시 얹어본다.

2025. 정월  김영순

| 차례 |

## 제1부  순아 뽕 따러 가자

## 제2부   초롱꽃이 어둠을 밝히기도 하는 동네

## 제3부 배꽃 하얗게 피고 있다

## 제4부   올해도 과꽃이 피었습니다

추억으로 가는 길

# 제1부

# 순아 뽕 따러 가자

# 어느 겨울밤 이야기

바람의 송곳니가 밤 내
추녀 끝을 뜯던 그 겨울 나는
빈속에 마른 강냉이를 뜯으며
트랜지스터라디오 속의 아씨처럼 울었네

아직도 내 기억의 천장에서는
가난한 쥐들이 바스락거리고

홑이불 뒤집어쓰고
강냉이 우리에서 바라보던 그
하늘만은 부자였네

달과 별만 껴안으면
아무 때나 잠들 수 있었던 밤
춥지만 내 생애서 가장 따뜻했던
그 겨울밤

# 박

올해도 박꽃 환하다
제 몸 한 켠 내어준 채
여름을 건너가는 한 풍경이 있다

달과 별 사이
어머니와 나 사이 말 없는 노래가 있다
박속 같은 수다가 있다

# 길

울타리콩보다
작은 아이
해거름 녘
물동이 이고
 폭염의 골목으로 걸어가네

채워도 채워도
바닥이 드러나는
밑 빠진 시간

똬리 타고
물방울 하나
툭,
갈라진 입술 적시네

# 그 길


그대가 내 안에
이슬처럼 왔다 사라진 거기
꽃 한 송이 피어 있다


환하게 둥글게 마음을 열면
비로소 향기를 뿜는
달맞이꽃


꽃이 가는 길

# 5월이 되니

바다의 속살도 연초록이다
어화둥둥 물살 따라
잎새도 덩실대니
겨우내 돌아앉았던 산과 섬
그들 사랑도 깊어지것다
머루나무 취한 듯 붉던 주천酒泉길도
한껏 푸르러지것다
내 고향 아천엔
풀 비린내 가득하것다

# 올챙이국수

내가 먹기 싫은 강냉이
맷돌이 질근질근 씹어
뱉어낸다

폴짝폴짝 개구리처럼 뛰어오를 때 쯤
국수틀에 넣어 누르니
올챙이 같은 면발이
차가운 물속에서 오글거린다

송송 썬 매운 고추에
눈물 한 숟가락 퍼 넣으니
후루룩 소리 따라 가난도
엉겁결에 넘어간다

여덟 식구가
올챙이배 두들기며
여름밤처럼 까맣게 웃고 있다

# 물벼

낫날에 맡긴 바람의 몸통이
밤송이 터질 듯 통통하다
하루해 고단하게 넘어가는데
알곡들 떼구루루 어스름을 굴린다

귀뚜라미 톡 톡
잠든 머리맡까지 따라와
이불 귀 찢어지게 울어쌓는 밤
몸살이다 고래실논은
물벼 껴안은 채 젖어 있다

초록이 단풍을 낳고
지친 울음이
가랑잎 웃음을 낳기도 하는 계절

아직 덜 여문 마음
너에게로 가는 길은

우는 아이 토닥이러 가는

어느 뜨락의 짧은 햇발이다

# 봄밤

평상에 누우니 풀 향기 짙다
비 개인 뒤 흘러가는
뭉게구름 따라

뿌욱 뿍
밤송이 벌어질 때면
개복숭아도 뒤질세라 밤새워
뽀얗게 익어가고

"얘야, 멋 부리고 살아라
난 아무리 꾸며도 맵시가 안 나야"
여든 넘은 엄마
골짝 물 미끄러지듯 미끄러지듯

봄꽃이 피는지 지는지도 모르고
소처럼 일만 하다 잠시 머문
황골 마을 산머루 팬션 뜰

매발톱꽃과 늙은 철쭉

두런두런 달빛에 곱다

# 폭설 내리는 날

폭설 내리는 날은
종일 가마니 짜는 날이었다
안방은 옹기종기 동생들에게 내어주고
한기가 도는 아버지 이마 같은 윗방에서

얼기설기 걸어놓은 새끼줄에
어린 내가
갈고리바늘로 짚을 당기면 아버지는
스스로 가슴을 치듯 탁 탁
바디로 짚을 치곤 하셨다

함박눈이 구석구석 세상의 험한 곳을 덮듯
가마니는 가난을 감싸 안는 이불이었다
팔아도 팔아도 돈도 안 되는 강냉이 일가를
품어 안아주기도 하는

눈앞이 아득한 이런 날은 시 쓰고 싶다

가마니 짜듯 씨줄 날줄 엮어

평생 가난에서 벗어나지 못하는 아버지 추억을

포근히 덮어드리고 싶다

# 저물어가는 강림講林에서

유월을 이고 나르는
땅강아지의 하루가 바쁘다

개구리 소리 낭자하고
수꿩의 울음에
암꿩이 제 키를 낮추는 해거름

"얘야, 고추 모종에 물 줬니?"

채근하는
젊은 엄마의 목소리가
앞뜰 홀로 핀 작약의 눈매만큼 깊다

앞만 보고 달려온 어머니와 이제는 늙어버린 딸
두 사람의 말 없는 수다가 복숭아 과수밭을 나와
개닥나무 아래 머무는 밤

숲속을 뒤덮던 별이

오소소

내 발등으로 내리고 있다

# 봄을 터치하다

손이 가만있으면 불안한 세상
스마트폰 터치하듯 봄을 터치한다

화들짝 피었다 하르르 져버린 봄꽃들
벌 나비 없이도 화사했던 나무들을
점자 더듬듯 더듬어보는데
꽃에는 없는 향기가 몸통에서 만져진다

각각의 향기 따라 피어나는
연초록 이파리들 틈새로 꽃인 양 피는
두릅 가시오가피 엄나무 순

가시 속에서 피는 봄
쌉싸름한 봄이 밥상까지 따라와
입맛 잃은 내 혀를 터치한다

# 비

작달나무에 작달비

깨금나무 깨금비

달그락 삐거덕 달구비

쿵쿵소에 쿵쿵비

두렁두렁 두렁비

올 여름비 新種비

가게 천막 때리는 전기폭탄비

# 안개비 걷히고

소꼴 진 계집애
산비알 내려온다
기우뚱 기우뚱

우산나물이 웃는다

앞서가던 영남이 녀석
휘파람 소리에
호랑지바뀌새가 즐거운
집에 가는 길

줄당콩 섞어 짓는
감자밥 냄새에
앞산도 눈 감는 저녁

# 여름날 저녁

초가집 굴뚝마다 저녁 연기 한 다발씩
비구름과 떼 지어 고사리재 넘어간다

논에 가신 부모님은 해 져도 안 오시고
조무래기 신발들만 토방에 오글오글

서울로 갔다던가 옆집 총각 안마당엔
빈 지게만 덩그러니 하늘을 지고 섰네

# 만두를 빚으며

김치 고기 두부 숙주 으깨고 다진다
저것들 서로 어우러지면서 겨울보다 깊은 맛을 내겠지

제 껍질 속에 오롯이 길들지 못하고
자꾸 뛰쳐나가려는 만두 속 당면, 당면 같은 둘째는

종일 저 경계 밖에서 수런거리는 소리들이
눈발 따라 붐빈다

마음 끝에서 흩어지던 어둠이 만두 귀 접듯
고요를 모으는 밤

# 순아 뽕따러 가자

김매기 싫고
뽕잎 따기 싫으면 덮고 누웠던 그늘
그 아래 몇 십 년 만에 누워본다

막잠 잔 누에처럼
너무 투명해서 슬픈 나무의 날들이 보인다
가지 찢어지는 줄 모르고
가득가득 잎과 열매를 내어주던
뽕나무 어미 뽕나무

뽕 바구니로 귀를 모으던 숱한 시간들
누에들 잎 갉아대는 소리들이
살며시 발등을 덮는다

추억보다 깊은 나무
나무보다 더 깊은
그늘의 뿌리를 베고 눕는다

# 순아 물 길러 가자

새벽부터 엄마의 목소리가 담장을 넘는다
마루 밑 복실이도 단잠에  빠져 있고
봉이네 수탉도 목청 틔우기 전이건만

서릿발이 듬성듬성 길목마다 옹그리고 있는 어귀
를 돌아
아시내 마을에 이르면 새색시처럼 오두마니 앉아 있
는 우물
바람도 그곳에 오면 길을 잃고 그 속에서
나오지 못한다는 구름의 이야기가 전설처럼 어려 있
기도 한

잠자는 나를 깨워
꿈인 듯 찰랑이는 기억 저편
물동이 귀를 꼭 잡고 한 발 두 발 발자국을 떼어보
지만
똬리가 자꾸 제자리를 벗어난다

스스로 그늘이 되기도 하고
산을 그늘삼아 해를 품기도 하는
그 속으로 빈 두레박을 내리니
물길은 또 다른 쪽으로 길을 트고
어머니의 전생이 거기 있다

# 강물 소리


돌을 안고 재우는 물의 노래

깊고도 고요한

자 장 가

제2부

초롱꽃이 어둠을 밝히기도 하는 동네

# 고무신 한 짝

어느 집 마실 가서
댓돌 위 벗어놓은
검정 고무신 한 짝
집에 가려고 보니 없다

아랫집 새신랑
감자씨도 못 놓아
한 달 된 신부가 도망갔다는 이야기
들은 일밖에, 그 일밖에 없는데
긴긴 밤 호롱불 아래
친구랑 호박씨 까먹은 일밖에 없는데

해마다 정월 닭 귀신날이면
없어진다고 감추던 신발
그날도 닭장 문은
굳게 잠겨 있었는데
뜨락으로
달빛 한줄기 흐르고 있었는데

그 때 잃어버린

검정고무신 한 짝 같은

내 길은

# 오래된 풍경화

보리밭 이랑에서
숨바꼭질하던 개개비도
잠들어버린 오후
등강에서 그림 그리던 소녀는
어디에도 보이지 않았다
푸른 도화지 위로
구름만 파도를 탈 뿐

밭두렁에 앉은 민들레도 졸고
실바람도 잠든 이랑
보리꽃 막 피려는 속을
큰 멋쟁이 네발나비 한 마리
꿈꾸듯 날고 있었다

# 함박눈 내리는 이런 날은

쟁기의 노래로 모여 앉은
시골 헛간
초가지붕이고 싶다

깨진 귀로도 하얗게 웃는
장독대 항아리

바둑이 마음으로 뛰던
이런 날은 나 이제

중년의 무게로 내리는
봉당의 외 눈발
그대 품어 안는 고무신이고 싶다

하늘 길 아득해지는 이런 날은
당신의 눈물 받아 안는
우물가 낡은 함지박이고 싶다

# 여름 마루

감자투성이 먹는
여름 마루
작은아버지 말했지요
넌 다리 밑에서 주워왔다고
그래서 혼자만 눈이 크고
쌍꺼풀이 있는 거라고

썩은 감자 같은 얼굴로
따로 도는 콩만 주워 먹다
엄마 찾아 나선 정바우 다리 밑
홀로 서성이다 돌아온 날
토담집엔
여우비 내렸지요

울다가 웃으면
똥구녕에 털 난다는 그 말도
눈 딱 감고 믿고 싶어지는

오늘

마루 없는 마음 언저리

막힌 눈물샘만 새삼 따갑지요

# 어느 아낙의 봄

움에서 나온 감자들이
젖은 시간을 말리는 마당
씨감자 쪼개는 아낙 손이 바쁘다

장씨댁 큰 함지엔
볍씨가 한껏 몸을 불리고
아랫마을 빨래터엔
종달새가 덩달아 종알거린다

늘그막에 정분났다는 임씨가
홀로 몸져누웠다는 소문
양지담 아지랑이가 숨어서 듣는
오후

그녀의 뜨락엔
또 다른 햇살이
낡은 삼태기 망태 다래끼들을
토닥이고 있었다

# 내 고향

감자꽃 인정스레 웃고
찰옥수수 차륵차륵 익어가는 곳
덕사재 너머엔 메밀꽃이
달빛 소나타를 연주하기도

올챙이국수 오글거리는 토종여름
덩달아 배 불리던 지붕 위 흰 박이
낮잠을 청하기도 했지

초롱꽃이 어둠을 밝히기도 하는 동네

나물 뜯으러 가던
오솔길 따라가다 보면
까투리 숨바꼭질하던 야산
구름버섯 내려와 놀고 있었지

# 창말재를 넘다 보니

옥수수밭 사이로
초가 하나 보인다
박꽃 하얗게 이고 있는

알밤이 툭툭
새벽을 깨우기도 하는 뜨락엔
종일 봇물과 씨름하다 돌아온 아버지
새마을 모자 위로 뿜어대던
봉초 같은 삶이 있다
가난을 돌돌 말아
환희 대신 피우시던

이제 그 정겨운 뜨락 없고
청배나무 그루터기 갈라진
옛집 마당에 서니
낯선 삽 한 자루가
우두커니 서 있다

# 쿵쿵소

쿵 쿵
구르는 돌을 안고 흐른다고
쿵쿵소라 했다던가

쏘가리 퉁가리
작은 족대에도 잡히던 물고기들 보이지 않고
낚싯대 끝엔
버들치 몇 마리 딸려온다

새로 포장된 길 곁으로
고요한 듯 조금은 낯선
고향의 심장 쿵쿵소

치악산 그림자 품고
뒤척이며 뒤척이며 아스라이
내 갈빗대를 돌아나가고 있다

# 내 안의 그대


장독대
항아리 밑
겨울 흙


햇살 한 자락 훔쳐
꿈을 피워 올린다


두세두세
민들레 여린 잎새


다양한
봄날

# 오래된 연가

산등성 등성마다 달빛 가득 걸어놓고

처마 끝 호롱불도 환희 밝혀놓았건만

산 깊어 못 오시나 물 불어 못 오시나

반딧불도 반짝반짝 징검다리 놓는데

싸리울 나팔꽃 사이로 지나가는 비 소리만

## 저물녘이면 그리워지는 것들

"얘들아, 밥 먹어라"
쏜살같이 달려오던 소리
엄마 치맛자락 따라 펄럭이던 밥 냄새
굴뚝 연기 쫓아가다 보면 어느새 별나라
뚜벅뚜벅 어둠의 발자국 소리 덮고
산길 들길 따라 하루를 접는 수많은 소리들
윙윙대던 꿀벌
꿀 같은 시간들 사라져버린 저물녘
호박꽃잎 허공을 말아 쥐는 소리만

# 초봄

얼음 녹는
도랑 따라
참새 떼 왁자하다

마른 잔디
잔설 위로
사드락거리는 햇살

논두렁 논흙
밭두렁 밭흙도
언 귀를 여는 봄

# 입춘

쑥덕쑥덕
쑥새 울던 자리
푸른 물 오른다

등 돌렸던
합수소도
합방하는 둑길 따라

버들개지
꽃눈 틔우듯
바람도 헐렁해진다

# 여우비

구름이 손바닥으로

해를 가리자

논둑을 서성이던

후끈한 바람 한 줄기

강냉이 물알

물알을 더듬는다

후두둑 잎 터는 소리에

길가 달개비가

까치발로 서고

토끼풀이 쫑긋 귀 세우는 찰나

민머리 구름 슬그머니

산 품에서 빠져나온다

# 고향의 가을

투박하지만 고즈넉한
정바우 옛 다리
올밤나무 집 아래
소도록이 내려앉은 달빛

쿵쿵소의 틀어진 길 같은
세 번째 여인과 사는 친구 이야기를 들으며
강물을 바라보는데

어디 갔나
징검돌과 섶다리가 없다
강물보다 더 깊은 가을을
건너야 하는데

# 고든치골

숲 사이로 내려앉은 구름을
바람이 선녀인 양 훔쳐보기도 하는

개쉬땅나무 참오동나무
바늘잎나무금강초롱 산토끼꽃 쇠 버린 고비나물까지
몸으로 시를 노래하는 것들 다 모인 그곳

횡지암 바위 하나
시간의 흔적을 이끼로 덮은 채
등 돌리고 흐르는 물의 소리
골짝의 깊이를 읽고 있다

# 에버녕 마을

바람굴이 분주하다

뒷산 엄나무도 알통 키우는 아름골

송과부댁 굴뚝에선 솔향기가 모락모락

내 마음 강나루엔 물안개가 자욱

# 가을을 표절하다

가로수 따라
마네킹들 가을색으로 갈아입었다
건물 한 켠 색색의 열대어들 분주하고

꼬리지느러미를 살랑거리며 헤엄치는 그들
어느 深海를 건너온 것들일까 생각하는 사이
가짜 열대어들
온몸으로 공갈 방울을 뿜어댄다

뽀골뽀골 현기증 나는 통로를 빠져나와
꽃집 앞에 다다르니
조화가 생화인 척 앉아 나를 바라보고 있다

나는 또 누구의 표절일까
모조품의 가을이 자꾸 깊어 가는데

제3부

배꽃 하얗게 피고 있다

# 층층나무가 있는 마당

그믐달이 쉼표로 걸쳐 있고
텃밭은 밤도 낮인 듯
여름을 다지는 소리들 분주하다

따로따로인 듯
하지만 하나로 흐르는 것들
그 소리들이 물살 따라 흐른다

못갖춘마디도 이곳에 오면
갖춘마디가 되기도 하는
가락골의 밤

흙에 뿌리를 둔 것들이 합창하듯
한순간 하늘을 우러르고
평상엔 너도나도
작은 별들이 나앉는다

# 달

적막한 밤길
어머니 버선 발자국이었다가

마른천둥에 길 잃은
송아지 눈빛이더니

미루나무 잎 떨군 가지 끝
까치집
애기까치들 이불로 뜨네

# 적막

새들도 제 둥지에 날갯죽지 내려놓고

초저녁 짖던 개도 곤히 잠든 한밤

눈 맞고 우두커니 마당 한 켠 삼태기

# 거름더미

베어진 잡초
짐승의 분비물들이
서로 몸을 부비고 있다
견디고 있다
어떤 또 다른 生을
일구어내려는 걸까
썩는 냄새가
저만의 향기로 가득하다

어느 변두리
저녁 마당에 몸을 풀고 있는
누군가 부려놓고 간
한 짐의 길 위로
배꽃 하얗게 피고 있다
늦봄이 피고 있다

# 등나무

제 몸을 수백 번 비틀면서라도
오르지 않으면 안 될
그 무슨 이유라도 있는 걸까
바람으로 때로는
햇살로 다가왔다 떠난 소리들이
다시 모여 웅성거린다
나무는 울음의 숨통을 열어 젖히고
그늘을 쏟아내고 있다
얽히고설킨 시간들을
온몸으로 풀어내고 있다
등 돌리고 사라지는 소리 쪽으로
자꾸 귀를 열어놓는 덩굴 사이
옹이가 피워 올리는 크고 작은
꽃숭어리들

# 유명산을 타다

감투 바위 곰 발자국은 보지 못했지만
곰 같은 산의 울음을 들었다

늦가을 유명산
이름만큼이나 감당할 수 없었던 그 무엇이 있었을까
과속하던 바람의 바퀴 자국이 나무마다 골마다 깊
게 패여있었다
검붉은 낙엽 위로 눈은 이별처럼 쌓이고

선어치고개, 그 고개에 앉아 보니
눈은 내리는 것이 아니라
산이 뜨거워 데인 제 몸 구석구석을 식히려 끌어
다 덮는 것이었다

정상도 못 오르고 미끄러지듯 내려오는 길
물은 골짝을 감싸 안으며 흐르고
흰 붕대를 감은 산허리엔
보슬비가 살포시 내리고 있었다

# 까닭 없이 마음 울적할 때는

산막이옛길을 거닐어 보세요
큰 뽕나무와 밤나무가 숲을 이루고 있는

고인돌 쉼터와 소나무 동산
소나무 출렁다리를 지나면
호랑이굴과 노루샘이 있지요

옷 벗은 미녀 참나무
앉은뱅이 우물
얼음바람골 지나
금방이라도 하늘을 날아오를 것만 같은 매바위

호수에 취해 걷다 보면
아! 이게 마흔 고개구나
그도 잠시
다래숲동굴 진달래동산 가재연못이

무엇보다 누군가와 사랑하고 싶다면
초입으로 돌아가 정자목을
나무가 서로 사랑을 나누는 소나무 모습이
천년에 한번 십억 주에 하나 정도 나올 수 있는
음양수라네요

그래도 울적하거든
뿌리가 서로 다른 나뭇가지가
한 나무처럼 합쳐 살아가는 연리지
그들의 소리에 귀 귀울여 보세요

## 잔치국수집

잔치는 없고 국수만 있다
둥근 앞치마 두른 아낙 저 혼자 바쁜 집
3500원에도 국수가 무한 리필 되는
주인 품이 마당보다 넓은 집

진하게 우려낸 멸치국물에
바람처럼 떠돈 한 여자의 이야기가
다진 김치와 구운 김인 양
고명으로 얹혀지기도 하는

그 집 문을 닫고 나서니
정좌하고 핀 홍매화 한 그루 와불이다 그
 곁으로 꽃과 새들의 소리 왁자한
잔치는 있고 국수는 없는

집 먹어도 금세 꺼지는 국수집과
안 먹어도 배부른 잔치집 사이에서

휘영청

초저녁달이 배부른 하루

# 처서

어린이집 울타리
나팔꽃 사이로
고개 쏘옥 내민 도라지꽃


바삐 오가는 사람들 사이
뒷짐 지고 걷는 한 살배기


짱 떡볶이집
줄 서서 컵볶이 사는
등촌초 학생들


oh!마트 야채 냉장고 아래
가을 서곡을 알리는
귀뚜라미 소리


저 멀리
용왕산 꼭대기에 걸린
뭉게구름 한 조각

# 가을 단상

무꽃 사이로
배추흰나비

코스모스 길 따라
나풀나풀 고추잠자리

미루나무 가지 끝
새털구름

노고소 강 위로
색색으로 내려앉는 단풍 햇살

가을이 절정인데
버덩 논 한 귀퉁이
아직도 푸른 벼이삭들

# 남이섬

삼십 년 뒤 만난 남이섬
낯설다
남이섬이 아닌 남의 섬 같이

잣나무 메타세콰이어 낙엽송
없던 나무들이 섬 중앙에서 하늘을 찌를 듯
우뚝하다

빽빽한 사람들을 피해
가장자리로 도는 길
다람쥐 토끼 청솔모가 반긴다

서쪽으로 물레방아 곁 작은 연못
뿌리만 남은 연 한줄기
줄풀과 밀애 중이다

등 한쪽을 내어준 버드나무 다리

그 위를 살금살금 건너

힐끔 뒤를 돌아보니


낯선 가을이 저만치서 손을 흔든다

# 겁 많은 아이

해밝은 달빛에도
두리번거리며 피던
복사꽃

알밤 떨어지는 소리에
놀라 덩달아 떨어지던
덜 여문 청배들

우시장 팔려가는 어미소
그렁그렁 바라보던
송아지 눈망울

홍역 앓다
두터운 토방 햇살 덮고
겨우 살아났다는
두 살배기

그 눈빛들

지금 내 안에 있다

천둥소리 속

산비둘기 울음으로 운다

# 기울어지는 것에 대하여

양지꽃이나 풋 바람 쪽으로 기우는
고사리 할미꽃
두런두런 사람 소리 나는 쪽으로 기우는 등나무
수풀 향기 따라 몸을 트는 다래 덩굴

제 무게에 겨워 구부러지는 줄 알았던 그들
그들도 온몸 휘어지도록
마음 내어주고 싶은 곳이 있나보다

내 살던 초가
함석집으로 변한 채
추억 쪽으로 자꾸 기울어가고 있다

# 분양에 대해

"분양 끝났어요, 다음 분양을 기다리세요"
어미새가 알을 까 새끼를 치면
그 새끼들을 나눠주는 기쁨으로 사는 이들이 있다

자식들 다 키워 분양하고 앵무새가 친구인 부부
좁은 울타리 안에서 서로 깃을 부비며 사는 그들에게
아파트 분양 등은 딴 세상 이야기다

굽은 허리로 틈새 햇살까지 끌어 모으더니 요즘은
하늘의 빛과 소리들을 분양 중이다
손끝에서 피어나는 화초들 틈에서

애인도 분양한다는 세상, 난 무얼 분양할까
가을 나무는 다 내어주고도
또 다른 계절을 잉태하느라 점점 더 핼쑥해지는데

# 音, 마음을 읽는다는 것

요리하는 것보다 시 쓰는 일 어렵더니
음을 읽고 화음을 섞어 연주하는 것
시 쓰는 일보다 더 어렵다

기타 그도 알고 보면
연애하는 것보다 쉽다는데
왈츠 슬로우락 솔 주법으로 다시 다가가 보는데
줄 사이사이 마디마디가
읽고 또 읽어도 알 수 없는 한 사람의 마음 같다

보이는 音 읽기도
꽃이 계절을 헛짚듯 하는데
보이지 않는 음 상대 내면의 소리를
어떻게 하면 잘 읽을 수 있을까

쉬운 건 하나도 없는 세상
이런저런 생각을 하며 닿은 3월 말 속초 하얗다

밤 내 잠 못 들고 바라보는 바다
어둠의 등짝을 때리는 파도 소리가
불현듯 귀에 익은 멜로디로 다가온다

# 덥석이라는 말

아기가 엄마 젖을 물듯
하나님 말씀 그냥 덥석 받으면 된다는데

신랑 입에 문 대추를 신부가 받아먹듯
어미 새가 주는 먹이를 어린 새가 냉큼 받아먹듯
믿음도 그런 거라는데

잘 안 된다 그 덥석이
매일 마주해도 낯선 음식 낯선 사람처럼

색안경 벗은 햇살이 냉이밭에 내려앉는 3월
흙은 햇살 한 움큼 움켜쥔다
나도 덥석 봄 한 줌을 받아먹는다

# 그늘

다친 다리로 오르는 봉제산
발 끝에서 줄행랑치던 개미 한 마리
질경이 그늘 아래서 걸음을 멈춘다

저 혼자 키를 키우던 벚나무
한껏 품을 늘이는 사이로
졸참나무가 참나무인 양 뽐내며 서 있다

개복숭아 외따로이
풋내 나는 위로
능소화 닮은 해가 눈부신 칠월

누가 심어놓았을까
술패랭이 개양귀비 가득한 거기
지친 하늘이 내려와 뺨을 부빈다

# 들국화

꽃잎 사이 사이로 보이는 저
가지런한 언어들
가을에사 피는 속내
와르르 쏟아놓는 꽃잎 위로 성큼
산 그림자 다가선다

솔잎 덤불 속 어스름
늦은 저녁 연기인 양
하늘 가득 흩뿌려놓고
뒷걸음질 치는 사태 산 아래
들국화 한 무더기 굽은 등을 편다

간밤
무서리 내린 꽃대 위로
여름을 건너온 향내가
깊다

제4부

올해도 과꽃이 피었습니다

# 추억으로 가는 길
### -연기 이야기


아랫집 연기 늦장가 가는 날

꽃가마 타고

재 너머 송실에서

한나절이나 걸려 온 신부는

수줍은 사기요강 같았다

얼굴은 무지개 사탕 같았고


산 속 작은 마당

신랑의 어눌함에

종일 쌀과질 같은 웃음꽃 핀 날

그날 밤

신랑 집 草家 위엔 달이 울었다


그 후 보름도 안 되어

신부가 도망갔다는 소문 자자했고

겨우내 쇠죽솥에

애꿎은 불쏘시개만 분질러대던 연기는

눈 큰 소만 외양간에 남겨둔 채
굴뚝 연기처럼 어디론가 사라졌다

재 너머 송실에서
꽃가마 타고 다른 봄이 시집왔는지
연기가 나지 않는 그 집엔
아지랑이 홑치마가 나풀거리고

# 추억으로 가는 길
### - 동치미국수

함박눈 펑펑 내리는 밤이면
옹기종기 모여앉아 후루룩거리고 싶다
동치미 국물에 국수발 같은
긴긴 겨울밤을 말아 먹고 싶다

눈발의 속삭임 엿듣느라
장독대들이 귀를 모으고
지붕 속 참새가 새끼들을 품으며
까치잠을 자는
크고 작은 소리들이
눈 속에 하나 둘 묻히는 밤

얼얼한 가슴으로 겨울나기 하는
문고리에 손이 쩍쩍 붙는 밤은
그래도 화롯불 같은
속 뜨거운 밤이었다

# 추억으로 가는 길
### - 농한기

등 굽은 햇살이 뜨락을 서성인다
낡은 세월을 주름잡아
촘촘히 박아대던
발미싱 소리 멀어진 안마당

까만 쥐눈이콩
쥐눈이콩 같은 아이들 모여 앉은
윗방 화롯가엔
강냉이며 알밤이 통통 튀어다녔지

칼바람 몰고 오던 혹한도
도리어 그리워지는
지금

청배나무 휘어진 기억 저편
반쯤 기운 초가집만
동그마니 앉아 있다

# 추억으로 가는 길

## - 동지

썩은 이엉 걷어내고
새 옷 갈아입히는 날

반말 찌 가마솥에선
폴짝폴짝 팥물이 끓어대고
옹심이 빚는 엄마 손끝에서
바람 소리가 난다

앞마당에 다리 벌리고 앉아
새끼 꼬다 위를 보니
미끄럼 타듯 하늘에서
아버지가 내려오시네

참새들도 새 지붕 새 이불 속에서
신방 차리기 좋겠구나

큰대자로 누워 보니

지붕이 하늘이라

초저녁달이

배부른 옹심이 얼굴이네

# 추억으로 가는 길
## - 사물놀이

일광욕하는 나무들 틈새로
야산에 벌어진 잔치 한마당
악귀 쫓는다고 뿌린 막걸리에 소나무가 취하고
징 소리 북소리에 새털구름이 춤추고
구경꾼 까치도 우르르 몰려들고

입이 바쁜 아낙들 콧등 위로
국수 가락이 장구가락 튀듯 한다
빈 들판을 땀으로 메우고 진
인사대천명 농부들 마음으로
꽹과리 바람이 지나가고

예나 지금이나
뿌리 내리지 못하는 팥알인 양
돌짝밭 어귀를 서성이는 난
맘대로 잘 안 돌던 그때 그 상모를
미친 듯 돌려보고 싶다

소리의 세월 속으로 한 번만 더

돌아가고 싶다

# 추억으로 가는 길
## - 디딜방아


느린 두 박자로 쿵더쿵 밟다가
순이야 하고 뒷담에서 부르면
반 박자 덜 딛고 달아나버렸네
꾀 많은 수수도 그 틈새를
용케 빠져 나갔지


저물도록 놀다
달음박질로 돌아와 보면
키질 체질 끝내고
방아 속을 닦아내시던 어머니
고운체 같은 손 얼개미 되어 있었지


지붕 위 조롱박
처마 끝 빗방울도
덩달아 발장단 맞추던 방앗간
지금 내 안엔
방앗공이의 그렁그렁한 눈빛이
무겁게 내려앉네

# 풍금소리

올해도 과꽃이 피었습니다
학교에서 피기 시작한 꽃이
초가집 뒤울을 돌아 들길 산길 따라
피고 또 피었다

선생님 곱디고운 풍금 선율이
섬 그늘에 굴 따러 가면
난 언니 발자국 따라
나물 뜯으러 가고 뽕 따러 가고

전재 문재 고개를 넘다 보면
들려오는 높고 낮은 소리
색색의 초목들이
대지 건반을 두드리는 소리들

이 겨울 내 속에서 들린다
두텁게 언 얼음장 아래 들릴 듯 말 듯
가만히 귀 기울여야 아니
온몸을 열어야 들리는 생명의 소리들

# 장이 서다

봉평 장날이면
메밀전 부치는 아낙들 사이로 나귀 방울 소리 들리고
올망졸망 대추 밤 파는 할매 주위엔 예닐곱 살 아이
의 오얏빛 웃음이 구르기도 합니다

하루를 여닫는 노총각
어물 좌판 위로
팔리지 않아 뒤척이는 자반의 눈빛도

요사이 내 안엔 꿈인 듯
종종 기쁘고도 슬픈 장이 섭니다

품 안에 소 팔러 나갔다 돌아오는 아버지
그 발자국 위로
가는 길 모르고 따라나섰다 큰 눈으로 울던
소의 그림자가 겹치기도 합니다

왁자했다 고요해지는 거리를 뒤로

새터 마을 장터엔 다시 새벽을 낳는 소리 들립니다

 그 소리들이 긴 어둠을 깨웁니다

잠든 영혼을 깨웁니다

# 너에게 나는

기억 용량이 적은 컴퓨터이다
이쁜 너로 기억하고 싶어도
착한 너라며 사랑하고 싶어도
열에 들 뜬 메모리 칩으로는
널 받아들이는 속도가 더디기만 한

야심, 알 수 없는 회로 속으로
또 길을 잃고 마는 난 너에게
네가 원하는 홈 하나 허락할 수 없는
1메가바이트의 386컴이다

찌지직거리는 음악밖에 전할 수 없는
널 사랑한다 하면서 가끔
저 속에 숨어 있는 악성 바이러스가
치명적인 오류를 범하기는 하지만
숨 끊어지는 날까지 함께 하자고
더듬거리는 나만의 혀로 말하고 싶다

네 기억에서 야위어지는 게 더 슬픈

# 꿰맨다는 것

헤진 밥상보에 조각 천을 대고
꿈을 깁던 엄마는
지금 무얼 깁고 있을까

갈라터진 논에 봇물을 대고
해종일 버드나무 아래서
버드나무 그늘로
하루를 깁기도 하던 아버지는

가을 햇살은
폭풍이 할퀴고 간 들녘을
등 따갑도록 촘촘히 오가고

새털구름은
찢어진 미루나무 가지 끝에서
밤 이슥토록 떠날 줄 모르는데

# 궁합에 대하여


궁합이 좋다는 것은 무엇일까
그 때문에 또 헤어지기도 하는 것은

돼지고기에 새우젓
장어구이엔 생강채
오이와 부추 두부와 미역
수정과에 잣이 찰떡궁합이라는데

우유에 인삼 대신 휠체어 탄 남편 눈빛을
꿀 대신 성경 말씀을 타서 마시는 한 여인이 있다
부부생활은 없어도 부부의 삶은 있는 시장
건어물이 가장 맛있는 집

커피에 프림을 타지 않아도 좋다고 하는 남자
골뱅이무침 하듯 당근 볼 오이꽃 웃음으로
하루를 버무리는 여자

마요네즈에 들깨가루를 살짝 섞어 샐러드에 뿌리듯

宮合을 穽合으로 만들어가는

그들

# 간음에 대하여

김장김치에 아침밥을 대강 챙겨주고
시를 쓰려고 컴퓨터 앞에 앉았는데
시는 쓰는 게 아니라 어느 순간 내게로 온다는
어느 시인의 말이 귓등을 친다

제비가 호박씨라도 물고 오려나 하는데
남편 아닌 다른 남자를 사랑해도 간음이지만
무엇엔가 생각이 온통 빠져 있는 것
하나님 외 다른 것에 마음을 두는 것 그것이
더 큰 간음이라는 목사님 말씀이 또 귓등을 친다

뼛속까지 들락거리던 바람도 고요한
집 하나 낡아가고 있는 저기
12월 햇발이 숨 가쁘게
모퉁이를 돌아 나가는 모습 보인다

온갖 언어들로 가득한 때로는

텅 비어 있어 마음 내려놓고 싶은

달려가면 팔 벌려 안아줄 것만 같은 시의 집

마음 내어준 사랑이 있는 거기

크고 작은 소리들에 오늘은 종일 간음 당했다

# 7080 노래

노동자들이 부르는 노래가 회사 담벼락을 뚫고 있었다 자 떠나자 동해바다로... 태양은 묘지 위에 붉게 타오르고... 사용자 측은 회사가 어려워 임금인상은 동결이란 말만 되풀이할 뿐 공장에 탁구대 하나 설치하는 것조차 먼 나라 얘기하듯 했다

민주화의 불길이 뜨겁던 그 무렵, 작업 라인은 며칠째 헝클어진 상태였고 바른말 하면 근로자가 해고당하는 일은 금지곡만큼이나 흔했다 자고 나면 여기저기서 분신자살했다는 이야기 들리고

모두가 아픈 날들을 뒤로 시위는 가까스로 막을 내리고 컨베이어 벨트가 돌아가면서 가닥가닥 찢겨진 마음들은 납땜 되어 봉해지고 얼굴에 品자 찍힌 세월들은 컨테이너에 하나둘 실려 어디론가 가고 있었다

# 삼합

삭힌 홍어와 삼겹살을
신 김치에 싸 먹으면 묘한 맛이 난다
세 개가 어우러져
비로소 하나 되는 맛

전라도가 고향인 남편
먹고 싶으면 밖에서 사 먹으라고 소리친다
톡 쏘는 홍어 입으로

특유의 냄새 삼겹살의 느끼함도
막걸리 한 잔에 묻히는 저녁
식탁 한쪽 상추 겉절이는
명함도 못 내밀고 숨죽이고 있다

가정도 정치도 갈수록
각자 목소리만 커지는 요즘
잘 익은 김치 홍어 같은
먹으면 속 편해지고 든든한
삼합의 삼중주 소리 들려왔으면

# 문방구역

보따리 대신 핸드카를 끌고 들어서는
뽀글머리 아줌마, 교복 입은 학생
세 살 아가도 엄마 손 잡고 잠시 머무는 곳

로봇장난감 바비인형 콩순이
각양각색 물건들이 친구들을 기다리며
옹기종기 모여 있다

검정고무줄 딱지 공기돌
뻔 따먹기 하던 머리 뻔 없고
구슬 대신 구슬 아이스크림이 있는
무인점포 문방구역

코 묻은 동전으로 풍선을 사 불던
개구쟁이 짱구를 만날 것 같은
할머니가 쌈짓돈으로 사준 도화지를 받고
보름달처럼 웃던
울타리 없는 집 순이를 만날 것 같은 그 역

키오스크*가 손님 바라보듯 멀리서
물끄러미 문방구를 바라보는 내 안엔
지우개 사러 갔다가
무지개크레용 하나 더 사달라고 떼쓰는
그리운 한 아이가 있다


  *키오스크: 무인 정보 단말기

# 설이 되니


찐 쌀 떡메로 내리쳐
꽃무늬 틀에 찍어 절편 만들던
고무신 양말 벙어리장갑
설빔 기다리던 날 그립다

아버지랑 꿈을 실어 날리던 방패연
늦도록 씨름하던 뱅글뱅글 팽이치기
육 남매가 밀고 당기며 신나던 썰매

50년이 훌쩍 지난 설
아들네 식구들과 마주한 밥상
내 손으로 빚은 떡만두국으로
한 살 뚝딱 해치우고 나니
오래 묵은 까만 된장국이 그립다

참기름 한 병에
빳빳한 만원짜리 세뱃돈 한 장

준비해놓고 기다리고 있다는

여든여섯 엄마


마음은 벌써 고향으로 달려간다

설 향기 맡으러

썰매 타다 언 몸 누이면

머리부터 발끝까지 따스해지는

아랫목 그 품으로

|

# 유토피아를 향하여
## − 쿵쿵소에는 쿵쿵비가 내린다

우대식(시인)

　김영순 시인의 시집 『오래된 연가』는 농경사회의 풍
토 속에서 성장한 시적 화자의 서사가 고스란히 담겨
있다. 오늘날 대개 사람들은 소위 아스팔트 킨트로 지
칭되듯 전통적인 시골마을에서 성장한 경우가 오히려
드물다고 할 것이다. 또한 최근의 농촌은 도회의 환
경과 별반 차이가 없는 까닭에 문학적 반영으로 전통
적인 농경사회의 모습을 찾아보기가 어려운 지경이라
할 수 있다. 그러한 사정을 두고 본다면 이 시집에 실
려 있는 농경사회의 정서는 최근 보기 드문 현상이라
할 수 있다. 물질적 풍요와는 거리가 멀지만 끝내 의

식의 유토피아로 작동하는 고향은 김영순 시인이 그
리고자 하는 절대 선의 공간인 셈이다. 구체적인 공간
의 다양한 제시는 농경사회에 속한 고향 주변의 모든
공간이 시적 화자에게 유토피아로 각인되어 있기 때
문이라 할 수 있다. 독자들은 시를 읽으며 시적 화자
가 제시하는 구체적인 공간이 현재 어디에 위치한 곳
인지 생각하며 읽는 재미가 있을 터이다.

함박눈 펑펑 내리는 밤이면
옹기종기 모여앉아 후루룩거리고 싶다
동치미 국물에 국수발 같은
긴긴 겨울밤을 말아 먹고 싶다

눈발의 속삭임 엿듣느라
장독대들이 귀를 모으고
지붕 속 참새가 새끼들을 품으며
까치잠을 자는
크고 작은 소리들이
눈 속에 하나 둘 묻히는 밤

얼얼한 가슴으로 겨울나기 하는
문고리에 손이 쩍쩍 붙는 밤은

그래도 화롯불 같은

속 뜨거운 밤이었다

　　- 「추억으로 가는 길-동치미국수」 전문

　이 시집에는 추억으로 가는 길 연작이 실려 있다. 이 시집에서 가장 중심된 키워드는 바로 추억이다. 소위 장소애라는 것에 대해 단순한 공간이 추억 혹은 경험과 관련지은 구체성을 회복하면서 특별한 장소로 설정된다는 사실은 이미 오래전 지리학자 이푸-투안이 설명한 바 있다. 이 시는 겨울밤에 모여 앉은 사람들이 함께 동치미 국수를 먹는 장면을 그리고 있다. 눈발만 수북이 쌓이는 정적의 밤이 2연에 그려져 있다. 모든 소리는 눈 속에 파묻히고 그러는 가운데 먹는 동치미 국수는 "얼얼한 가슴"을 선사했던 것이다. 백석 시인의 북방 음식을 연상케 하는 이 장면은 시적 화자에게 각인된 유토피아의 구체적인 공간의 모습이라 할 수 있다. "폴짝폴짝 개구리처럼 튀어 오를 때 쯤/국수틀에 넣어 누르니/올챙이 같은 면발이/차가운 물속에서 오글거린다"(「올챙이국수」 부분)와 같은 "올챙이국수"에 대한 생동감이 살아 넘치는 묘사 역시도 음식을 통한 시적 울림을 한층 증폭시키는 것이다. 강원도 정선이나 영월, 평창 등지에서 어려운 시절 먹었던 이 음식은 이제 추억을 소환하는 음식이 된 셈이다. 미각은 시간이 지날수록 오히려 깊숙이 내면화 된 형식으로 등장한다. 이는 겨울날 만두를 빚는 장면에서도(「만두를 빚으며」 부분) 핍진하게 그려지고 있다. "문고리에 손이 쩍쩍 붙는 밤"의 풍경은 강원도 깊은 산골의 겨울밤을 더 정겨운 것으로 느끼게 해준다. 바깥의 날이 추우면 추울수록 함께 모여 음식을 나누는 공간은 "화롯불 같은/속 뜨거운 밤"으로 오래도록 추억되는 것이다. 추억으로 가는 길 연작은 각각의 시편들이 서사를 품고 있다. 「추억으로 가는 길-연기 이야기」는 재 너머에서 시집온 색시가 도망갔다는 서사가 연기가 나지 않는 한 집안의 이야기로 그려지고 있다. 또한 「추억으로 가는 길-농한기」에서는 "쥐눈이콩 같은 아이들 모여앉은/윗방 화롯가"의 풍경 속에 "칼바람 몰고 오던 혹한도/도리어 그리워지는" 그 때를 추억하는 것이다. 이러한 추억들은 시적 화자가 현재를 구성하는 바탕이며 언제나 "한 번만 더/돌아가고 싶"(「추억으로 가는 길-사물놀이」 부분)은 그리움의 원천으로 작용하고 있다.

고향은 추억이 구체적으로 펼쳐지는 공간이며 앞서

말한 바와 같이 시적 화자가 그리는 유토피아의 유일
한 모델이라 할 수 있다.

　　쿵 쿵
　　구르는 돌을 안고 흐른다고
　　쿵쿵소라 했다던가

　　쏘가리 퉁가리
　　작은 족대에도 잡히던 물고기들 보이지 않고
　　낚싯대 끝엔
　　버들치 몇 마리 딸려온다

　　새로 포장된 길 곁으로
　　고요한 듯 조금은 낯선
　　고향의 심장 쿵쿵소
　　치악산 그림자 품고
　　뒤척이며 뒤척이며 아스라이
　　내 갈빗대를 돌아 나가고 있다
　　　　　　　　－「쿵쿵소」전문


　이 시는 고향에 관한 많은 시편들 가운데 가장 묘사
가 잘 된 작품 가운데 하나이다. 시간의 흐름에 따라

조금은 바뀐 모습을 하고 있는 "쿵쿵소"라는 공간은 시적 화자에게 고향을 대표하는 공간인 셈이다. "쿵쿵소"의 전설은 어린 시절의 고향을 더욱 신비로운 곳으로 인식하게 해준다. 계곡물이 흘러가다 만들어 놓은 마을 근처의 '소沼'인 "쿵쿵소"의 연원이 쿵쿵거리는 소리가 들렸다는 것에서 비롯되었다는 것은 동화적 상상력을 불러일으킨다. 어떤 두려움과 동경이 뒤섞였을 법한 "쿵쿵소"의 전설에 대해 구체적인 언급은 없지만 독자의 입장에서는 다양한 상상이 가능하다. 고향은 "올챙이국수 오글거리는 토종여름/덩달아 배불리던 지붕 위 흰 박이/낮잠을 청하"(「내 고향」부분)던 아름다운 곳이며 "쿵쿵소"와 같은 비밀스러운 전설이 입에서 입으로 전해지는 공간이기도 한 셈이다. 조금은 변했지만 여전히 그곳은 "뒤척이며 뒤척이며 아스라이/내 갈빗대를 돌아 나가고 있다"는 점에서 시적 화자의 생명의 근원이라 할 수 있다. "갈빗대"를 기독교적 상징으로 이해하든 혹 육체의 부분으로 이해하든 떼어낼 수 없는 고향의 흔적임에는 분명하다. 따라서 고향의 소멸과 변화는 어떤 서운한 정서적 감정을 동반하게 되는 것이다. "어디 갔나/징검돌과 섶다리가 없다/강물보다 더 깊은 가을을/건너야 하는데"(「고향의 가을」부분)에서 보듯 고향의 변화는 가을을 건너가는 주된 정서의 부재를 야기하게 된다. 즉 "징검돌과 섶다리"는 고향에 대한 상상력으로 진입하는 유일한 길이라 할 수 있다.

바람굴이 분주하다

뒷산 엄나무도 알통 키우는 아름골

송과부댁 굴뚝에선 솔 향기가 모락모락

내 마음 강나루엔 물안개가 자욱
- 「에버녕 마을」 전문

이 시를 읽는 가운데 주어지는 또 다른 재미는 구체적인 지명이 자주 등장한다는 것이다. 구체적인 지명의 등장은 시 속의 정서나 사건들이 그대로 실재했을 것이라는 사실성을 부여해준다. 이 시에 등장하는 "에버녕마을"은 산기슭에서 서늘한 바람이 새어나오는 "바람굴"과 엄나무가 우람한 "아름골"이 있던 마을이다. 그리고 "송과부댁"으로 상징되는 여항의 사람들이 모여 사는 정겨운 공간이다. "에버녕 마을"이 지금의 어디인지 찾을 수 없었는데 이 시집의 다른 시 「저물어가는 강림講林에서」을 읽으며 강구는 원주의 끝자락에서 횡성으로 접어드는 안흥면에서 위치한 마을이라는 것을 알게 되었다. 강구에서 조금 안쪽으로 들어가면 에버덩 문학관이 있다. 아마 같은 연원을 가진 지명에 의존해 지어진 이름일 것이라며 고개를 끄덕이게 되었다. 그리고 강구는 60년대 이전에는 영월군의 관할이었으며 지금은 강구로 가는 여러 길이 있을 것이나 과거 안흥을 지나 평창으로 가는 길은 말 그대로 오지였을 터이다. "숲 사이로 내려앉은 구름을/ 바람이 선녀인 양 훔쳐보기도 하는"(「고든치골」 부분) "고든치골"도 이 언저리이다. 고향을 기반으로 하는 서사에서 지명을 따라가며 읽는다는 것은 매우 흥미진진한 글 읽기라 할 수 있다. "선생님 곱디 고운 풍금 선율이/섬 그늘에 굴 따러 가면/난 언니 발자국 따라/나물 뜨으러 가고 뽕 따러 가"(「풍금소리」 부분)던 "전재문재 고개"(「풍금소리」 부분)도 42번 국도를 따라 횡성군 안흥면에서 평창 방림 방면으로 가는 길 부근이다. 이렇듯 유토피아로 각인된 고향이라는 공간은 시적 화자의 입장에서 두루뭉술한 그 무엇이 아니라 구체적인 경험의 장소로 자리 잡고 있는 것이다. 구체적 지명은 고향을 향한 절실함을 동반하고 있다. 또 하나

고향을 유토피아로 인식하게 해주는 구체적인 인물은
아버지와 엄마라 할 수 있다.

　　봉평 장날이면
　　메밀전 부치는 아낙들 사이로 나귀 방울 소리 들리고
　　올망졸망 대추 밤 파는 할매 주위엔
　　예닐곱살 아이의 오얏빛 웃음이 구르기도 합니다

　　하루를 여닫는 노총각
　　어물 좌판 위로
　　팔리지 않아 뒤척이는 자반의 눈빛도

　　요사이 내 안엔 꿈인 듯
　　종종 기쁘고도 슬픈 장이 섭니다

　　품 안에 소 팔러 나갔다 돌아오는 아버지
　　그 발자국 위로
　　가는 길 모르고 따라나섰다 큰 눈으로 울던
　　소의 그림자가 겹치기도 합니다

　　왁자했다 고요해지는 거리를 뒤로
　　새터 마을 장터엔 다시 새벽을 낳는 소리 들립니다
　　 그 소리들이 긴 어둠을 깨웁니다

잠든 영혼을 깨웁니다
　　　　　　　　- 「장이 서다」 전문

　이효석의 소설 「메밀꽃 필 무렵」을 연상케 하는 시적 화자의 어린 날 장터 풍경은 어쩌면 산업사회 속에서 우리가 잊어버린 인정의 공간이라 할 수 있다. "메밀전을 부치는 아낙들", "나귀 방울 소리", "대추 밤 파는 할매"등의 인물과 풍경은 "예닐곱살"의 시적 화자에게 포착된 장날의 인상이라 할 수 있다. "팔리지 않아 뒤척이는 자반의 눈빛"이란 소외된 사물의 이미지이지만 그것마저도 시적 화자의 "요사이 내 안엔 꿈인 듯/종종 기쁘고도 슬픈 장이 섭니다"라는 고백 속에서 그리움의 대상이 된다. 그 풍경 안에는 바로 "품 안에 소 팔러 나갔다 돌아오는 아버지"가 있다. 아버지와 함께 장터에 갔던 기억은 성인이 된 시적 화자에게는 마치 "꿈"으로 남아 있는 셈이다. 하여 고향을 떠나 이방으로 떠돌던 시적 화자의 영혼을 새벽마다 깨우는 것은 "새터 마을 장터엔 다시 새벽을 낳는 소리"이며 동시에 "아버지/그 발자국" 소리라 할 수 있다. 아버지는 말이 없는 인물이다. "안방은 오기종기 동생들에게 내어주고/한기가 도는 아버지 이마 같은 윗방에서" "얼기설기 걸어 놓은 새끼줄에/어린 내가/갈고리바늘로 짚을 당기면 아버지는/스스로 가슴을 치듯 탁 탁/바디로 짚을 치곤 하"(「폭설 내리는 날」 부분)는 사람이 아버지이다. 아버지에 대한 어떠한 진술도 없이 가마니를 짜는 행위를 통하여 아버지를 보여주고 있다. 아버지의 말없는 희생을 "가마니는 가난을 감싸 안는 이불이었다"(「폭설 내리는 날」 부분)는 고백을 통해 보여주고 있는 것이다. 반면 엄마의 모습은 좀 더 구체적인 감각으로 남아 있다. "새벽부터 엄마의 목소리가 담장을 넘는다"(「순아 물 길러 가자」 부분)거나 "'애야, 고추 모종에 물 줬니?'"(「저물어 가는 강림講林에서」 부분)와 같은 구체적인 상황 속에서 구체적인 요구가 담긴 목소리로 엄마는 현존한다. 엄마와 물 길러 가던 우물의 전설은 고스란히 시적 화자의 내면에 쌓여 엄마의 목소리와 동시에 상기되는 사건이라 할 수 있다. 이러한 기억의 근원에는 동생들과는 다른 노동하는 자로서의 행위가 바탕에 깔려 있다. 시적 화자는 엄마와 우물가에 물을 뜨러 가는 인물이며 고추모종에 물을 주고 아버지가 가마니를 짤 때 갈고리바늘로 짚을 당겨주는 인물이기도 하다. 적어도 아버지와 엄마에 대한 기억이 추상적인 애정이 아니라 구체적인 삶의 양식 속에 형성된 것이다. 고향이 끝없는 그리움의 대상이 된 이유도 아버지와 엄마와의 관계가 집안의 노동을 함께 했다는 점에서 더욱 핍진한 것으로 그려진다 할 수 있다. 끝없이 무언가를 기워야만 살 수 있는 불안한 가계의 풍경은 시적 화자의 어린 마음에 고스란히 새겨져 있었던 것이다.

헤진 밥상보에 조각 천을 대고
꿈을 깁던 엄마는
지금 무얼 깁고 있을까

갈라 터진 논에 봇물을 대고
해종일 버드나무 아래서
버드나무 그늘로
하루를 깁기도 하던 아버지는

가을 햇살은
폭풍이 할퀴고 간 들녘을
등 따갑도록 촘촘히 오가고

새털구름은
찢어진 미루나무 가지 끝에서

밤 이슥토록 떠날 줄 모르는데

          –「꿰맨다는 것」 전문

  "헤진 밥상보에 조각 천을 대고/꿈을 깁던 엄마"와 "버드나무 그늘로/하루를 깁기도 하던 아버지"는 모두 조각나고 무너진 생활을 꿰매고 보듬어야 살아갈 수 있는 가난한 사람들이었다. 그들이 깁던 꿈이란 아마도 자식들의 보다 나은 삶이라 규정해도 틀리지 않을 것이다. 시 속에 등장하는 동생들은 이러한 사정을 알지 못하고 누이로 등장하는 시적 화자는 자신도 꿰매는 일에 동참을 한다. 이러한 일련의 행위들이 시적 화자에게는 상처의 기원으로 작동되었을 법하지만 오히려 더 깊은 사랑의 원천으로 작동하게 된다. 그것은 시적 화자가 사회적으로 그만큼 건강하기 때문에 가능한 일이다. "폭풍이 할퀴고 간 들녘"에 비추는 "가을 햇살"과 "찢어진 미루나무 가지 끝"의 "새털구름"은 비극적 상황 속에서도 새로운 꿈을 꾸는 긍정적 자아의 형상을 보여준다. 꿰맨다는 상징적 행위를 통하여 가족의 사랑이 무엇이지를 선명하게 보여주고 있다. 끝으로 시인으로서의 자의식에 관해 이야기하지 않을 수 없다.

김장김치에 아침밥을 대강 챙겨주고

시를 쓰려고 컴퓨터 앞에 앉았는데

시는 쓰는 게 아니라 어느 순간 내게로 온다는

어느 시인의 말이 귓등을 친다


제비가 호박씨라도 물고 오려나 하는데

남편 아닌 다른 남자를 사랑해도 간음이지만

무엇엔가 생각이 온통 빠져 있는 것

하나님 외 다른 것에 마음을 두는 것 그것이

더 큰 간음이라는 목사님 말씀이 또 귓등을 친다


뼛속까지 들락거리던 바람도 고요한

집 하나 낡아가고 있는 저기

12월 햇발이 숨 가쁘게

모퉁이를 돌아나가는 모습 보인다


온갖 언어들로 가득한 때로는

텅 비어 있어 마음 내려놓고 싶은

 달려가면 팔 벌려 안아줄 것만 같은 시의 집

마음 내어준 사랑이 있는 거기

크고 작은 소리들에 오늘은 종일 간음 당했다

– 「간음에 대하여」 전문

이 시는 김영순 시인에게 시가 어떻게 탄생하는가를 여실히 보여준다. 생활인으로 종교인으로서 살면서 끝내 간음하듯 시의 목소리에 귀 기울여야 하는 시인으로서의 운명을 형상화 하고 있는 것이다. 「시인의 말」에서 "잃어버린 고무신 한 짝을 찾아 수많은 날들을 헤매었다 산을 넘고 돌짝밭을 지나 강물을 건너고 가시밭길을 지나고 문득 꿈인 양 한 쪽 마저 잃은 맨발이 보였다"고 고백하고 있다. 김영순 시인에게는 "잃어버린 고무신 한 짝"을 찾는 과정이 시를 쓰는 여정일 것이며 자신의 "맨발"을 내려다보는 일이 시적 자아로서의 스스로 돌아보는 일이 터이다. "집 하나 낡아가고 있는 저기"가 김영순 시인의 시의 본적이라 할 것이다. 새로움으로 치장한 신이의 세계가 아니라 "달려가면 팔 벌려 안아줄 것만 같은" 낡은 집이야말로 김영순 시인이 지향하는 세계이다.

과장 없이 자신이 살아온 세계를 긍정하고 고향이라는 장소를 통하여 유토피아를 회복하려는 몸짓을 평이한 언어로 구현하고 있는 시집이라 할 수 있다. 요란스러운 언어가 판치는 시의 세계 속에서 낡은 집으로 상징되는 자신만의 시집을 출간하게 된 것에 축하의 말을 얹는다.□

## 남기고 싶은 말

시와함께(Along with Poetry) 시인선 034

김영순 시집

# 오래된 연가

발　행　2025년 1월 15일

지은이　김영순

펴낸이　양소망

펴낸곳　도서출판 넓은마루

주　소　(03132) 서울특별시 종로구 삼일대로 30길21, 410호(낙원동, 종로오피스텔)

전　화　02-747-9897, 010-7513-8838

이메일　withpoem9@daum.net

출판등록　제2019호-000100호

인쇄 · 제본　(주)지엔피링크

저작권자 ⓒ 2025, 김영순

ISBN · 979-11-90962-42-1(04810) 979-11-90962-04-9 (세트)

값 12,000원